ALBERT

ASA

ARLETTE

PATRICK

Jack Domon

LES ~~VRAIES~~ FAUSSES AVENTURES DE KOH-LANTA

2 - TROPICO FUN PARADISE

JUNGLE

Merci à mes 3 S pour leur soutien et leur inspiration au quotidien !
Merci aussi à Moïse, Estelle et Mélanie pour votre précieuse aide
dans cet univers de Jungle !

Jack

Dessin, scénario, couleur : Jack Domon

ISBN : 978-2-874-42772-5

Première édition - Avril 2010

Imprimé en France par PPO Graphic, Palaiseau. Dépôt légal : Avril 2010 ; D.2010/0053/310

ŒIL POUR ŒIL

HUM ! ...
ALORS, COMME ÇA VOUS ÊTES PROFESSEUR D'ÉDUCATION PHYSIQUE ?...
CASTING KOH-LANTA
...YEUX BLEUS, GRAND, UNE MONTAGNE DE MUSCLES...
DITES-MOI...
...VOUS N'AURIEZ PAS UN PEU TRICHÉ DANS VOTRE LETTRE DE MOTIVATION ?
HEU... SUR LES YEUX PEUT-ÊTRE ?

ON A TOUS EN NOUS QUELQUE CHOSE DE KOH-LANTA

UN PEU À L'ÉTROIT

TCHAO PANTIN

COMMENT SE PRÉPARER POUR KOH-LANTA ?

LE CANDIDE :

Votre valise est enfin prête, vous avez tout prévu : une boîte d'allumettes familiale, des conserves diverses (thon, cassoulet, de délicieuses petites salades préparées), une lampe torche solaire, un couteau suisse multifonction, une brosse à dents et 3 tubes de dentifrice, une grande malle avec du change pour 40 jours... C'est gentil d'avoir préparé les bagages de la prod, car il est bien sûr exclu que vous rapportiez la moindre de ces choses dans l'enfer qui vous attend !

LE MÉTICULEUX :

On vous ne la fait pas à l'envers à vous ! Vous avez vu toutes les anciennes saisons et vous savez d'entrée que vous serez meilleur que les autres. Tout est dans la préparation, ça fait 40 jours que vous dormez dans la niche de médor à gratter la terre pour manger des lombrics. Vous souffrez déjà de dysenterie et de diarrhées multiples... Si tout va bien, vous pourrez peut-être voir la prochaine saison à l'hôpital.

LE FAINÉANT :

Ça fait trois mois que vous avez été sélectionné pour participer à koh-Lanta. Vous dormez à longueur de journée pour vous préparer aux nuits difficiles, vous vous faites livrer vos repas à domicile pour éviter la fatigue de déplacements inutiles, vous ne vous lavez plus et votre évier regorge de micro-organismes à faire pâlir tous les instituts de recherche en bactériologie, vous n'avez bien sûr rien lu au sujet de la survie car vous comptez sur les autres. En fait, ce qui vous angoisse le plus à l'heure actuelle, c'est de mettre le réveil pour le départ.

LE BOBO PARISIEN :

Tout est prêt, ça fait un an que vous attendez ça, vous allez enfin pouvoir vivre votre Koh-Lanta. Vous avez dû tout décommander pour cette occasion, c'est un choix de vie après tout. Loin des amis, femme et enfants chez mamie... Koh-Lanta, c'est un plaisir égoïste et vous l'assumez. La Mini au garage, l'Iphone éteint, c'est bon ! Vous n'avez plus qu'à allumer votre écran plasma géant, ça va commencer !

EN FLAG

ALLEZ, UN PETIT BISOU QUOI !
LÂCHE-MOI, ESPÈCE DE PORC !
VIENS DONC PAR ICI ! ÇA DOIT TE MANQUER UN PEU LE CONTACT CHARNEL, NON ?
MAIS DÉGAGE ENFIN, T'ES LOURD ! EN PLUS TA FEMME QUI EST CHEZ LES JAUNES, QU'EST-CE QU'ELLE DIRAIT SI ELLE TE VOYAIT ?!
PAF !
ALLEZ, FAIS PAS TA MIJAURÉE ! ELLE EST SUR UNE AUTRE ÎLE, ELLE N'EN SAURA JAMAIS RIEN !
?!
?!
ET MERDE !

À VOT' BON CŒUR

FRUIT DÉFENDU

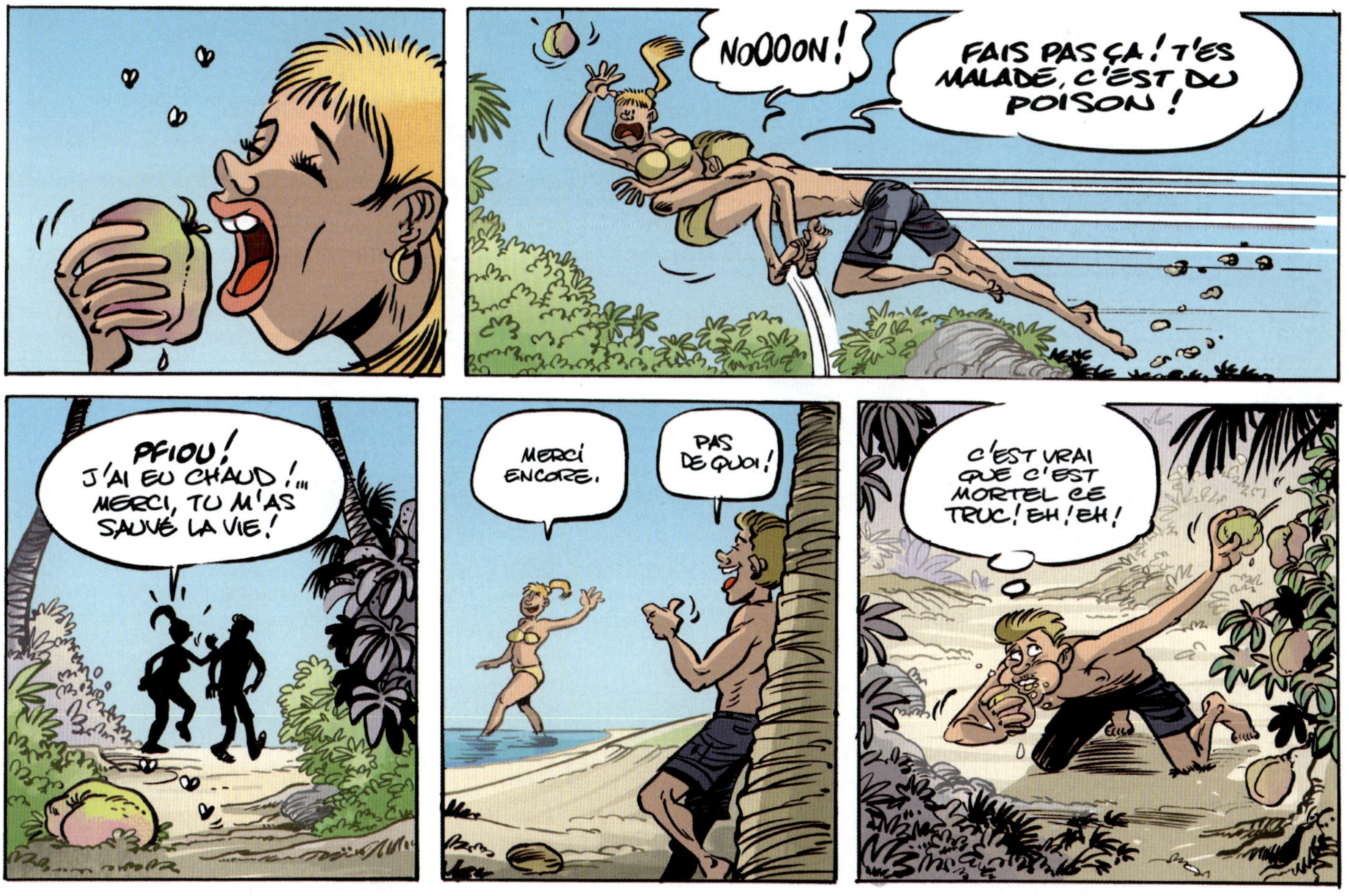

JUSTE POUR RIZ

AMIS PAR ALLIANCE

À LA RECHERCHE DE CONAN LE BARBU

LE TOTAL LOOK KOH-LANTA

PHANTASM

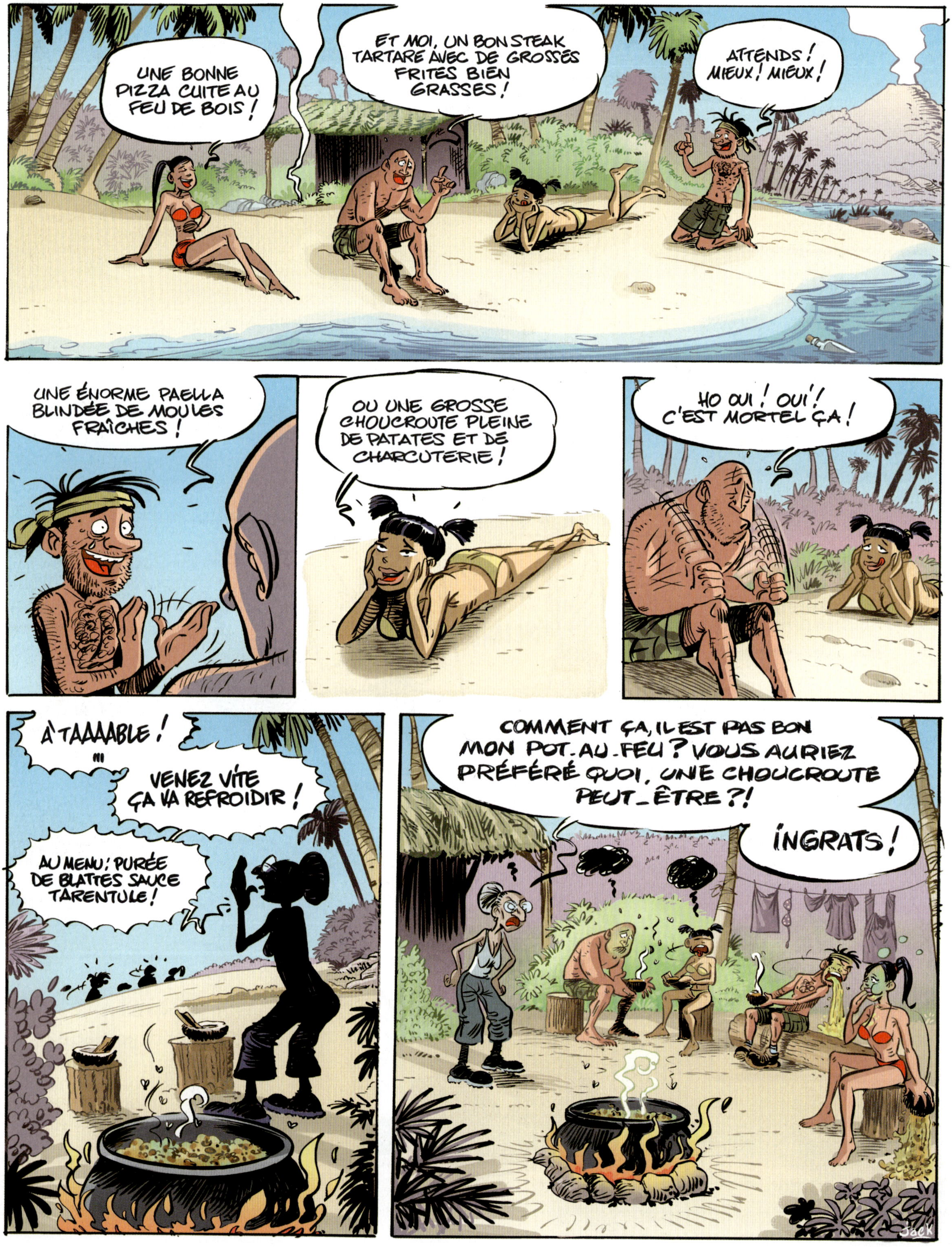
UNE BONNE PIZZA CUITE AU FEU DE BOIS !
ET MOI, UN BON STEAK TARTARE AVEC DE GROSSES FRITES BIEN GRASSES !
ATTENDS ! MIEUX ! MIEUX !
UNE ÉNORME PAELLA BLINDÉE DE MOULES FRAÎCHES !
OU UNE GROSSE CHOUCROUTE PLEINE DE PATATES ET DE CHARCUTERIE !
HO OUI ! OUI ! C'EST MORTEL ÇA !
À TAAAABLE !
VENEZ VITE ÇA VA REFROIDIR !
AU MENU : PURÉE DE BLATTES SAUCE TARENTULE !
COMMENT ÇA, IL EST PAS BON MON POT-AU-FEU ? VOUS AURIEZ PRÉFÉRÉ QUOI, UNE CHOUCROUTE PEUT-ÊTRE ?!
INGRATS !
JACK

DE BONNES NOUVELLES

XV DE PLAGE

LE TRUC QUI ME MANQUE LE PLUS ICI, C'EST LE SPORT ! ON M'APPELAIT LE ROI DU BALLON OVALE QUAND J'ÉTAIS JEUNE !
J'AI MIS DES TAS D'ESSAIS À FAIRE PÂLIR LE XV DE FRANCE !
'Y A PAS À DIRE LE RUGBY, C'EST LE PIED !
?!
ooOOOOUTCH !
WHAAARRG !
DE COCO
DE
LE RUGBY C'EST LE PIED TU DISAIS ?!

UN GRAND SOUTIEN

GÉNÉREUSE NATURE

SIMPLE VISITE

CONSTRUIRE UN ABRI DIGNE DE CE NOM

Fraîchement débarqué, vous avez une patate d'enfer ! C'est là que tout va se jouer pour vous placer en tant que leader du groupe. Va falloir assurer et montrer à tous qui est le chef !
Pour ce, proposez de prendre en main le chantier de la cabane.

LA STRATÉGIE À ADOPTER :

En tant que chef autoproclamé, vous lancez des ordres dans tous les sens à vos équipiers :

- **SI VOUS ÊTES UN HOMME,** vous dites : ***« Toi le costaud, tu m'abats trois palmiers à la machette pour faire les pilotis, les deux vieux là, vous me coupez des branchages et vous me fagotez tout ça fissa pour faire une bonne toiture étanche... et les filles, vous restez auprès de moi pour m'éponger le front et admirer l'artiste ! »***
- **SI VOUS ÊTES UNE FEMME,** dites plutôt : ***« Même pas cap, les mecs, de m'abattre trois palmiers à la machette pour en faire des pilotis ! Les filles, en termes de ramassage de branchages pour en faire une toiture étanche, vous n'avez vraiment rien à envier aux mecs, ah non, je vous le jure ! »***

Un bon chef de chantier sait surveiller, mais sait aussi se faire oublier... Allez donc vous reposer à l'ombre d'un cocotier, vous reviendrez dans 2 h pour critiquer deux ou trois détails sur l'ouvrage, cela assoira votre réputation de leader perfectionniste.

CHOIX DE CONSTRUCTION :

Plusieurs types de cabanes sont possibles,
allant du palace tropical à la hutte rustique, alors faites le bon choix !

LE SUPER-CHANTIER :

Après avoir creusé sur 50 m^2, mélangez 2 m^3 de sable moyen avec du calcaire transformé en chaux vive, délayez avec de l'eau de mer. Coulez les fondations sans oublier de mettre en prise les piliers extérieurs du bâtiment. Coupez tous les palmiers avoisinants pour en faire des planches rabotées de 200 X 120 mm. Faites un bardage méticuleux et embrayez avec la charpente de la toiture. Posez la couverture de tuile faite à base de coques de bénitiers géants en prenant bien soin de poser en premier la rangée du bas, puis remontez ainsi jusqu'au faîtage.

- ***Les + :*** ***c'est le top du top ! des générations d'aventuriers vous vénéreront en pensant à cette œuvre pharaonique.***
- ***Les - :*** ***vous risquez de passer à côté de tout le reste et de perdre toutes les épreuves, tellement vous serez lessivé par les efforts occasionnés.***

LA CABANE DU ROBINSON :

Un grand classique de Koh-Lanta. Coupez de gros bambous que vous ficelez solidement entre eux pour la structure. Pareil pour le toit, et pareil pour le sol. Vous recouvrez tout ça de feuilles de palmiers et hop, l'affaire est dans le sac !

• ***Les + :*** ***ça fonctionne, c'est prouvé, mais pas de quoi casser trois pattes à un canard. Tout le monde l'a déjà fait, vous allez vite regretter de ne pas avoir tenté la version « super-chantier» !***

• ***Les - :*** ***il vous manque de bons murs épais faits de grosses planches bien scellées avec en plus une isolation intérieure en copeaux de bois compressés de 20 cm... Êtes-vous vraiment sûr de pas vouloir tenter le « super-chantier » ?***

LE BIDONVILLE EXOTIQUE :

Il se trouve que vous venez de tomber dans une équipe de bras cassés. Les blessures s'enchaînent et vos tentatives de construction sont des échecs à répétition. Pas de problème, adoptez la technique du castor ! Vous faites un énorme trou dans le sable, vous recouvrez ça d'un tas de branchages, puis vous vous glissez dessous.

• ***Les + :*** ***normalement il n'y en a pas, à moins d'être un castor.***

• ***Les - :*** ***pas étanche, froid intense et sable urticant. Petit bonus tout de même : la compagnie des crabes nocturnes qui vous réveilleront et vous éviteront ainsi l'hypothermie.***

VENDREDI 13

PHANTASM 2

TENDRE POULET

SURPRISE SURPRISE

TOTEM D'AMOUR

CONVICTION PROFONDE

RECETTES EN MILIEU HOSTILE

RIZ CRU

- **Temps de préparation :** 5 secondes
- **Difficulté :** 0/10.
- **Ingrédients :** 1 dose de riz par aventurier.

Placez le riz non cuit dans votre demi-noix de coco évidée qui vous sert d'assiette.
Voilà, c'est prêt ! C'est pas bon, hein ? Mais tellement rapide à préparer. Vous n'épaterez pas grand monde avec cette recette, mais au moins vous êtes sûr de la réussir à 100 %.
Si vous vouliez faire un plat plus sophistiqué, il fallait être meilleur pêcheur et savoir faire du feu !

ASTUCE : si vous n'avez plus de riz, prenez de tout petits cailloux, vous ne devriez pas voir de grande différence.

VISCÈRES DE POISSON AU MANIOC CONFIT

- **Temps de préparation :** 10 min.
- **Difficulté :** 3/10.
- **Ingrédients :** Viscères de poisson et reste de manioc.

La pêche a été miraculeuse !... mais malheureusement elle date d'hier et vous avez déjà tout englouti le menu fretin. De plus, les 5 h passées dans la baie ce matin ne vous ont permis de récolter que quelques morsures de crabes fuyants. Les filets sont vides ? Qu'à cela ne tienne, il vous reste les viscères et autres boyaux du poisson de la veille pour préparer une délicieuse recette !

PRÉPARATION :
Jetez tout ça dans une grande marmite pleine d'eau bouillante. Écartez les mouches qui volettent autour des quelques restes de manioc un peu confits par le soleil ardent, puis plongez à leur tour ces derniers dans l'eau frétillante. Laissez mijoter à votre convenance (10 min pour une cuisson al dente, 1 h pour plus de sécurité).

ASTUCE : si vous êtes le cuisinier, surtout n'en mangez pas ! Les aventuriers qui s'y seront risqués seront tellement malades qu'ils vous céderont volontiers leur part de riz au prochain repas.

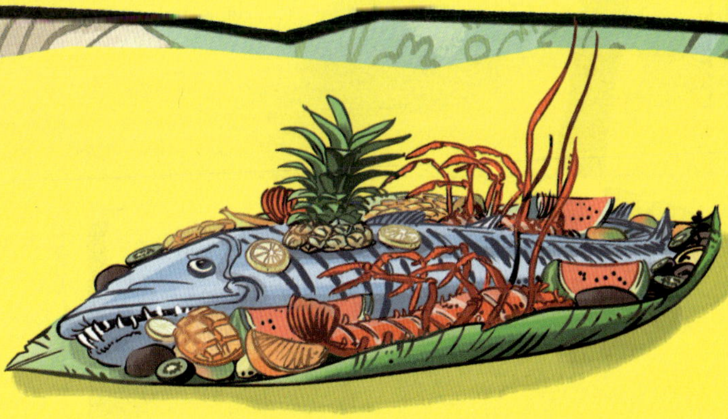

BARRACUDA ET LANGOUSTES GRILLÉES AUX FRUITS FRAIS

- **Temps de préparation :** 40 jours (si tout va bien).
- **Difficulté :** 25/10.
- **Ingrédients :**
  - Un bon gros barracuda.
  - 4 belles langoustes.
  - Fruits frais selon la saison (papayes, noix de coco, ananas, goyaves, fruits de la passion...) .
  - Une coquille de sel de mer fraîchement récupérée.

PRÉPARATION : videz le barracuda avant que ce soit lui qui ne vous vide de votre sang. Embrochez-le avec un bambou taillé, puis faites-le tourner au-dessus du feu. Pendant ce temps, à l'aide des doigts qu'il vous reste, plongez les langoustes encore vivantes dans l'eau bouillante. Comme vous n'avez pas d'économe, pelez les fruits à l'aide de votre machette rouillée. (Si vous êtes un homme et que vous avez subi les assauts répétés du barracuda et des langoustes, vous avez le droit de vous affranchir de cette dernière tâche au profit des femmes, sans forcément faire preuve d'un machisme démesuré.)

ASTUCE : aucune, débrouillez-vous ! De toute façon, vos chances de trouver un seul des ingrédients est tellement infime... au mieux, vous pourrez toujours déguster de la noix de coco salée.

SYSTÈME D

MINCE ! IL N'Y A PLUS DE BOIS POUR ALIMENTER LE FEU !
ET TOUS LES AUTRES QUI DORMENT... VA FALLOIR QUE J'AILLE EN CHERCHER TOUTE SEULE...
RRRR... ZZZZ... RRR...
GLUPS ! JE N'Y ARRIVERAI JAMAIS !
HOOOOOOOOUU !!
À MOINS QUE ?!
HOU... QUE ÇA FAIT DU BIEN...
KRRRR
PSHHHH
WHAAAAAAA...
?!
MAIS... MAIS ?! ...
IL EST OÙ LE TOTEM ?
ALORS LÀ ! CROIS BIEN QUE JE N'EN AI STRICTEMENT AUCUNE IDÉE !
SALAUDS DE ROUGES !
JE SUIS SÛR QUE C'EST EUX QUI NOUS L'ONT FUMÉ !
Jack

L'APPEL DU VENTRE

UN DUR À CUIRE

CI-GÎT LE FEU

FROT ! FROT ! FROT ! FROT !
OUI !... OUI !... OUI !
NON, C'EST PAS VRAI ?!
PSSSHH
VITE ! DU PETIT BOIS SEC !!
ÇA COMMENCE À S'EMBRASER !
VAS-Y ! PRENDS ! PRENDS !
YES !
WOUUF !
ROBERT, YOU ARE THE KING OF THE FIRE !
ALLLÉLOUUUYA !
SIX JOURS QU'ON ESSAYE ET QU'ON BOUFFE QUE DU RIZ CRU !
AU LIEU DE VOUS FOUTRE À POIL ET DE DANSER, CE FEU, IL VA PEUT-ÊTRE FALLOIR PENSER À...
BROAAAARRRRRRR...
?!
... LE COUVRIR !
PSHHHH !

TROP LA PÊCHE

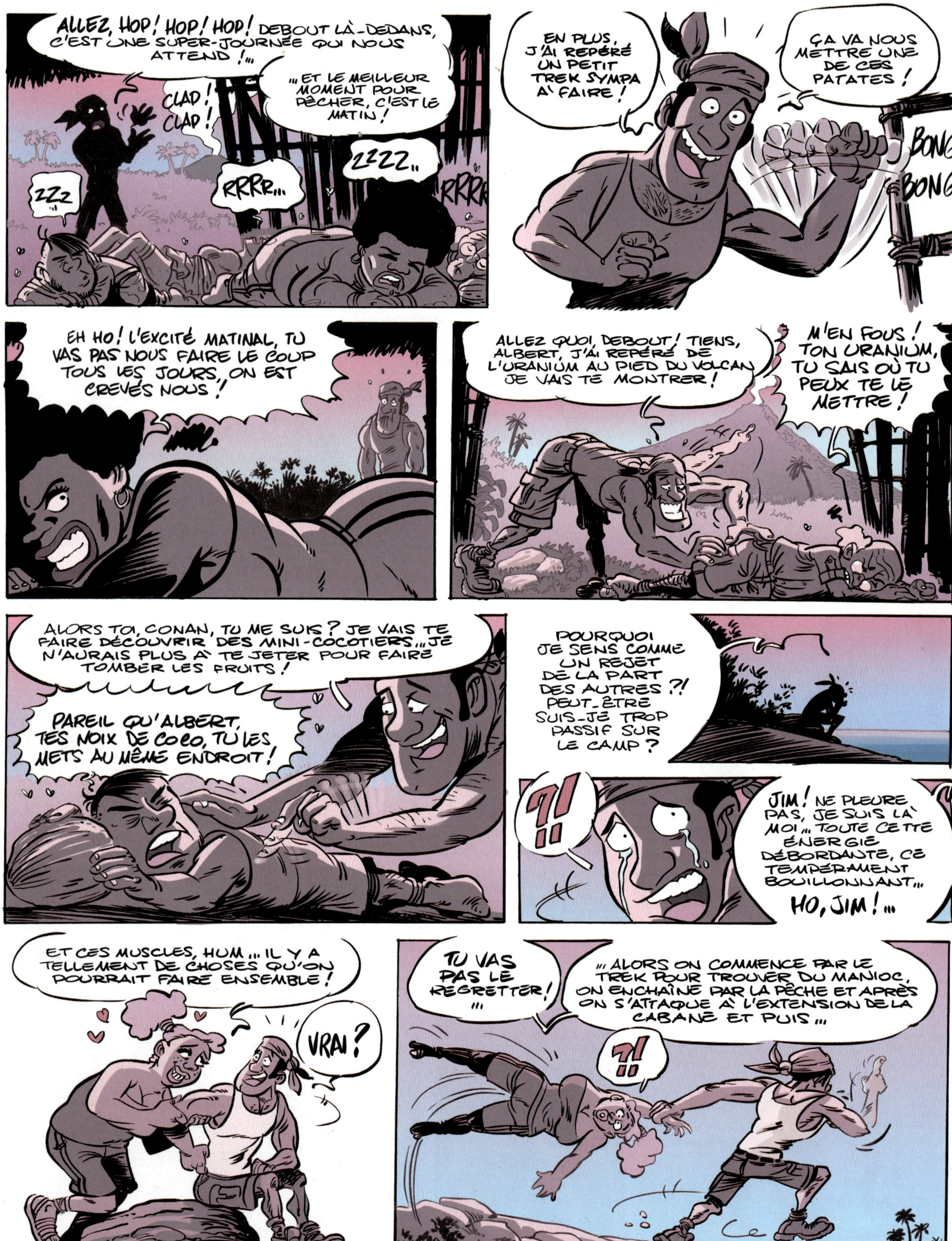

PARTAGE CONFORT ET PLUS SI AFFINITÉ

UN BON CONSEIL

QUEL KOH-LANTISTE ÊTES-VOUS ?

Vous rêvez de participer à Koh-Lanta ? Ceci n'est pas une proposition commerciale ni une annonce du Pôle emploi… mais juste un test pour savoir si vous êtes vraiment à la hauteur. Avez-vous l'âme d'un héros ?
Évaluez vos compétences au travers de ce test… garanti sans engagement.

1 - Vous venez d'arriver sur votre îlot infesté de moustiques après 40 h de vol, 4 h de pirogue et 3 h à patauger dans la mangrove. Quelle est votre réaction ?

A - Vous dites en sifflotant : « Ouais, c'est génial ici, allez, hop hop hop, on fait une cabane, après on s'attaque au feu ! »
B - Excusez-moi, j'ai pas bien compris, c'est pas ce que j'avais vu sur la brochure. Vous pouvez m'appeler le directeur ?
C - Vu que je suis là maintenant, pourquoi ne pas en profiter pour faire une sieste ?

2 - Votre cabane bancale qui prend l'eau est maintenant construite, l'heure est venue de faire du feu. Comment vous-y prenez-vous ?

A - Vous avez 250 techniques imparables à votre actif. Les mains en sang et pleines d'ampoules, vous frottez deux bouts de bois humides en sifflotant.
B - Vous cherchez désespérément le directeur pour lui quémander un briquet Dupont.
C - Vous attendez à l'ombre d'un palmier qu'un crétin y arrive.

3 - Le manque d'hygiène peut être difficile sur Koh-Lanta. Comment le surmontez-vous ?

A - Vous prenez un bon petit bout de granite pour vous frictionner les gencives en sifflotant, la vie est belle !
B - Vous vous offusquez de cet établissement, où même le strict minimum n'est pas fourni, c'est une honte !
C - De toute façon chez vous, vous ne vous lavez que tous les 40 jours, donc, pas de soucis, vous retournez faire la sieste !

4 - C'est le jour de l'épreuve de confort ! Le gain est une superbe entrecôte bordée de belles frites bien grasses. Quelle est votre réaction à la vue de ce repas ?

A - Vous avez une super-patate, car vous vous dites que vous allez faire votre maximum pour remporter cette épreuve et offrir ces mets à vos coéquipiers.
B - Vous pensez que c'est le pompon, devoir faire du sport pour manger maintenant. Il y a des têtes qui vont tomber à votre retour !
C - Vous prétextez une entorse à la cheville pour que votre équipe fasse tout le boulot.

5 - Un énorme serpent se dresse devant vous. Quelle est votre réaction ?

A - Vous lui sautez dessus, vous l'égorgez à pleines dents en sifflotant. Sa chair servira à nourrir la tribu et sa peau à faire une fronde pour chasser.

B - Vous hurlez d'un cri bourgeois qui fait fuir l'animal.

C - Vous poussez la personne la plus proche de vous sur l'animal pour être sûr que celui-ci ne vous morde pas.

6 - C'est jour de conseil, vous devez faire le bilan des compétences de chacun de vos coéquipiers. Que répondez-vous ?

A - Votre équipe est unie, vous n'êtes qu'un maillon de la chaîne. Sans elle, vous ne seriez rien.

B - Vous n'avez toujours pas compris qui sont ces primates dégénérés qui vous entourent.

C - Vous êtes à coup sûr l'élément indispensable de cette équipe de bras cassés.

7 - Vous venez de vous faire éliminer au conseil. Quelle est votre réaction ?

A - Vous félicitez vos camarades, s'ils vous ont choisi, c'est que vous ne méritiez pas d'aller en finale. Vous leur souhaitez bonne chance et leur dites que vous les aimez.

B - Vous criez votre joie de quitter cette immense machination dont vous étiez la victime.

C - Vous restez bouche bée devant tant d'ingratitude, vous qui n'avez jamais lésiné à la tâche. Puis vous tournez les talons, dédaigneux.

8 - Vous avez tenu bon, vous avez gagné l'épreuve des poteaux et vous devez maintenant choisir la personne qui vous accompagnera en finale à Paris.

A - Vous pensez que la personne la plus aimée des autres doit être repêchée car elle mérite plus que vous de gagner.

B - La question ne se pose pas, car vous avez refusé de monter sur le poteau par peur des échardes.

C - La vache ! Vous n'en revenez pas, c'est la première fois de votre vie que vous réussissez quelque chose... mais vous choisissez le plus faible bien sûr.

Vous avez :

Un maximum de A :

Vous êtes l'aventurier dont Koh-Lanta a toujours rêvé. Vaillant, combatif, modeste, généreux, l'esprit d'équipe... mais ça sent un peu le pipeau tout ça, vous êtes sûr de ne pas vouloir recommencer le test en étant sincère cette fois-ci ?

Un maximum de B :

Il y dû avoir une erreur de casting. Les dossiers de candidatures ont dû être intervertis, vous étiez certainement prévu pour une émission de déco d'intérieur, veuillez nous en excuser.

Un maximum de C :

Vous avez tout du profil du fainéant, tricheur sale et sournois. Désolé si la vérité est parfois dure à entendre, mais vous feriez mieux de vous bouger un peu le train plutôt que de toujours compter sur les autres !

PETITE QUANTITÉ

PAUVRE PÊCHEUR

LE CONFORT DU SIÈCLE

LE BULLETIN MÉTÉO DE KOH-LANTA

PRÉVISIONS MÉTÉOROLOGIQUES
du dimanche 18 avril

Situation générale :

Après quelques ouragans matinaux, de fortes pluies tropicales sont à prévoir sur la majeure partie des aventuriers. Le taux d'humidité dans l'air, de 250 %, entraînera, sur tout le pourtour de l'île, l'arrivée par le quart nord-ouest/sud sud-ouest de sombres cumulonimbus bourrés de moustiques avides de sang.

Dans l'après-midi : retour du soleil avec un thermomètre affichant les 55° à l'ombre des cocotiers déplumés. Évitez de gratter vos plaies qui pourraient attirer, en mer, le banc de grands requins blancs entrés dans le lagon suite à la destruction du récif corallien par un sous-marin nucléaire nord-coréen.

MÉTÉO DES PLAGES :

LE DRAPEAU ROUGE FONCÉ EST À PRÉVOIR ! ÉVITEZ LA BAIGNADE !

Si toutefois le sable vous gratte et que la tentation est trop forte, sachez que ce n'est rien comparé aux démangeaisons que provoqueront sur vous les brûlures des milliers de méduses géantes... si bien sûr, vous aviez échappé aux requins.

Le soleil se lèvera à 6 h 52 et se couchera à 17 h 35... enfin, si vous arrivez à le distinguer au milieu du nuage de cendre provoqué par le volcan Pinotuba voisin.

Éphéméride :

18 avril, jour de la Saint-Parfait.

Tendances ultérieures :

Pas mieux !

J'AVAIS DESSINÉ

EN TERRE INCONNUE

LE TOTAL LOOK PEOPLE
OREILLETTE de survie.
COUPE DE CHEVEUX impeccable en toute situation.
BARBE de 3 jours ultra-maîtrisée !
CHEMISE CERROUTI © avec plis de repassage et étiquette apparente à faire pâlir de jalousie un certain "Denis B".
I ♥ MYCON
BRIQUET TEMPÊTE gravé pour faire du feu (non autorisé mais on va fermer les yeux, people oblige).
COMPRESSION DE TOTEM en or massif.
VIP
PASS V.I.P. pour soirée spéciale conseil, avec élimination en numéro surtaxé.
SAC LOUIS FUITTON © avec nécessaire de survie pour cocktail mondain.
CHAUSSETTES en fils de soie, avec jarretières pour meilleur maintien dans les épreuves.
MOCASSINS EN PUR CROCO, alliant confort et luxe. Pas pratique, mais tellement classe !

RETOUR AU BERCAIL

AVENTURE EN PROMO

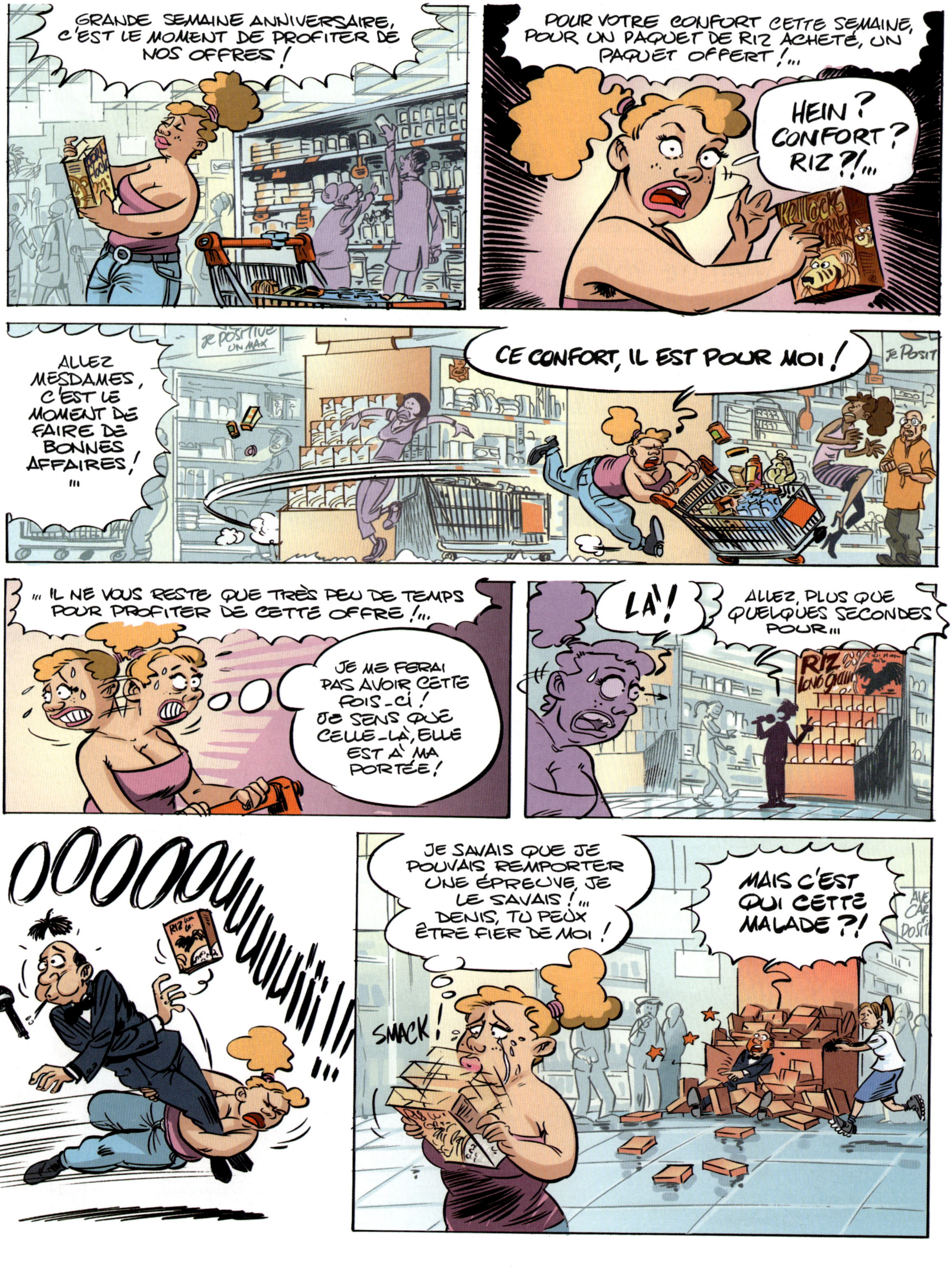

PREUVE À L'APPUI

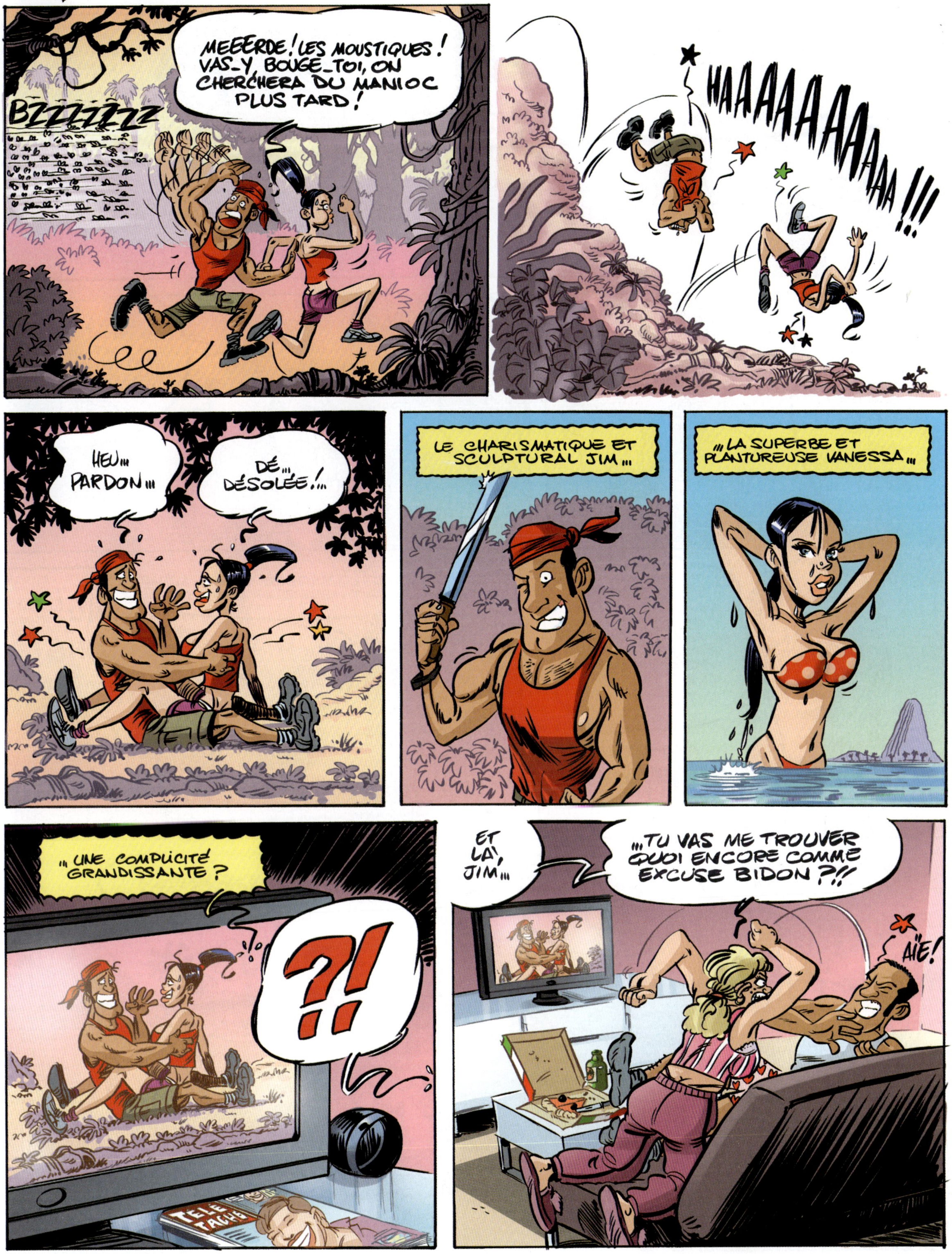

TOUS CHEZ DENIS

RETOUR DE CROISADE

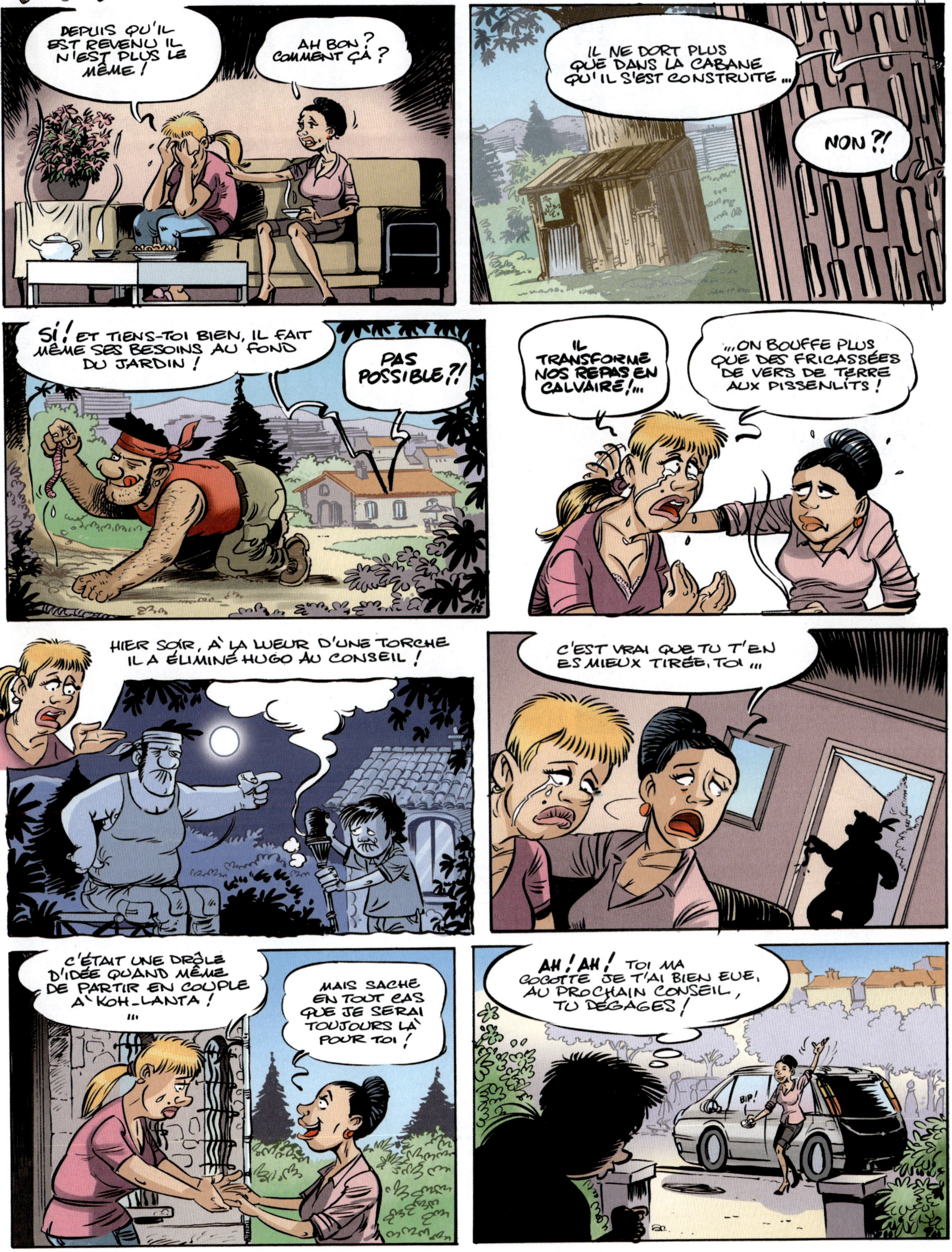

PARTIE DE CHASSE

- LES TÉNIAS -